MACHADO DE ASSIS

O ALIENISTA

por

CESAR LOBO
ARTE

LUIZ ANTONIO AGUIAR
ROTEIRO

Esta edição possui os mesmos textos e quadrinhos da edição anterior.

O alienista
© Cesar Lobo, 2007
© Luiz Antonio Aguiar, 2007

Gerente editorial	Fabricio Waltrick
Editores assistentes	Emílio Satoshi Hamaya, Carla Bitelli
Assessoria editorial	Gabriela Dias
Estagiário	Alexandre Cleaver
Apoio de redação	Veio Libri
Coordenadora de revisão	Ivany Picasso Batista
Revisora	Rita Costa

ARTE

Projeto gráfico	Juliana Vidigal, Thatiana Kalaes
Coordenadora de arte	Soraia Scarpa
Assistente de arte	Thatiana Kalaes
Estagiária	Izabela Zucarelli
Diagramação	Cesar Lobo, Luiz Dominguez
Pesquisa iconográfica	Sílvio Kligin (coord.), Josiane Laurentino

CIP-BRASIL. CATALOGAÇÃO NA FONTE
SINDICATO NACIONAL DOS EDITORES DE LIVROS, RJ

A23a
2. ed.

Aguiar, Luiz Antônio, 1955-
  O alienista / Machado de Assis; roteiro de Luiz Antônio Aguiar; arte de Cesar Lobo. - 2. ed. - São Paulo: Ática, 2013.
  72 p.: principalmente il. (Clássicos Brasileiros em HQ)

  Adaptação de: O alienista / Machado de Assis
  Textos em quadrinhos
  Inclui apêndice
  ISBN 978-85-08-15734-1

  1. Loucura - História em quadrinhos. 2. Ciência - História em quadrinhos. 3. Histórias em quadrinhos. 4. Romance brasileiro. I. Assis, Machado de, 1839-1908. O alienista. II. Lobo, Cesar. III. Título. IV. Série.

13-0499.   CDD: 741.5
                                              CDU: 741.5

ISBN 978 85 08 15734-1 (aluno)
ISBN 978 85 08 11551-8 (professor)
Código da obra CL 737743
CAE: 272837

2023
2ª edição
10ª impressão
Impressão e acabamento: Gráfica Santa Marta

Todos os direitos reservados pela Editora Ática, 2010
Avenida das Nações Unidas, 7221 - CEP 05425-902 - São Paulo, SP
Atendimento ao cliente: 4003-3061 - atendimento@atica.com.br
www.atica.com.br

IMPORTANTE: Ao comprar um livro, você remunera e reconhece o trabalho do autor e o de muitos outros profissionais envolvidos na produção editorial e na comercialização das obras: editores, revisores, diagramadores, ilustradores, gráficos, divulgadores, distribuidores, livreiros, entre outros. Ajude-nos a combater a cópia ilegal! Ela gera desemprego, prejudica a difusão da cultura e encarece os livros que você compra.

UMA HISTÓRIA MUITO LOUCA

O alienista é provavelmente a história mais popular de Machado de Assis. Já foi adaptada para o cinema (*Azyllo muito louco*, direção de Nelson Pereira dos Santos, 1971) e para a TV (Rede Globo, 1993). Nela, o médico Simão Bacamarte vira pelo avesso a cidade de Itaguaí, no interior do estado do Rio de Janeiro. Bacamarte quer curar todos os loucos do mundo. Adivinhe no que uma maluquice dessas vai dar...

Nesta adaptação de *O alienista* para os quadrinhos, Cesar Lobo e Luiz Antonio Aguiar produziram uma versão autoral, recriaram a história de maneira que as cenas de ação e também o humor corrosivo de Machado ganham emoção *ao vivo e em cores*.

Ou nem sempre em cores... Um personagem especial abre a história, em preto e branco, e vez por outra se intromete na narrativa. Trata-se de um duplo do próprio Simão Bacamarte, que parece confirmar o ditado: *de médico e de louco, todos têm um pouco...*

O alienista foi publicado em 1882, num momento em que a obra de Machado de Assis alcança a genialidade que faz dele o maior autor de nosso idioma e um dos maiores da literatura mundial.

O que há de melhor na literatura, e nas HQs, você vai poder verificar na jornada de Bacamarte, que, depois de muitas peripécias, chega à conclusão de que não há loucos em Itaguaí. À exceção de um único homem...

Bônus: depois dos quadrinhos, você encontrará informações e curiosidades sobre a época em que a história se passa, além de um *making of* imperdível.

Agradecimentos a Enos Laje, da Prefeitura de Itaguaí,
pelas referências iconográficas.
(Cesar Lobo)

Para Paulo Rebouças Monteiro, meu *birutista* —
Ora caçando pacas perante o Eterno.
Obrigado.
(Luiz Antonio Aguiar)

*"A vida nada mais é do que uma sombra sem corpo. Um ator mambembe que vai
despachando seu número, no palco, ora com postura afetada, ora com lamúrias
desgastadas, e que depois do ato jamais será lembrado. É uma história contada
por um demente, repleta de sons e de fúria, significando coisa nenhuma."*
Macbeth, *V-5, William Shakespeare*

Capítulo 1
DE COMO ITAGUAÍ GANHOU UMA CASA DE ORATES

As crônicas de Itaguaí dizem que em tempos remotos vivera ali um certo médico, o Dr. Simão Bacamarte, filho da nobreza da terra e o maior dos médicos do Brasil, de Portugal e das Espanhas. Estudara em Coimbra e Pádua. Aos trinta e quatro anos regressou ao Brasil, não podendo el-rei alcançar dele que ficasse em Coimbra, regendo a universidade, ou em Lisboa, expedindo os negócios da monarquia.

— A CIÊNCIA, MAJESTADE, É O MEU EMPREGO ÚNICO. ITAGUAÍ É O MEU UNIVERSO.

DITO ISSO, METEU-SE EM ITAGUAÍ E ENTREGOU-SE DE CORPO E ALMA AO ESTUDO DA CIÊNCIA, ALTERNANDO AS CURAS COM AS LEITURAS...

UM ORATE É UM LOUCO! E UM LOUCO É... BEM, SOBRE ISSO É QUE É A NOSSA HISTÓRIA, NÃO É MESMO?

A CASA DE ORATES É O QUE VOCÊ CHAMARIA PROVAVELMENTE DE CASA DE DOIDOS, CARO LEITOR. E NÃO ESTARIA SEM RAZÃO. REPAROU? NÃO ESTARIA SEM... RAZÃO!

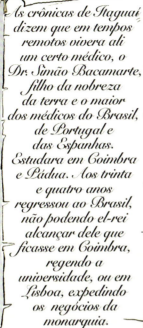

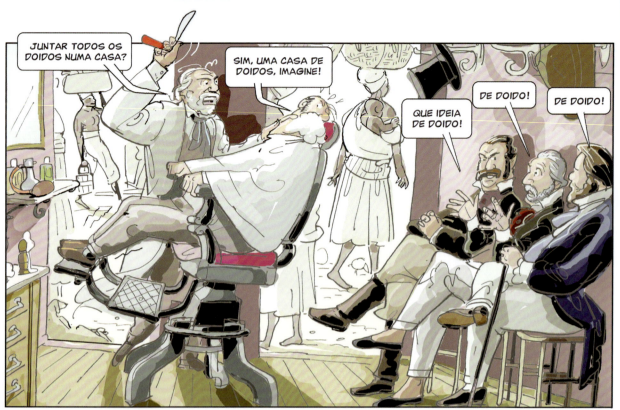

UMA TEORIA NOVA

Capítulo 4

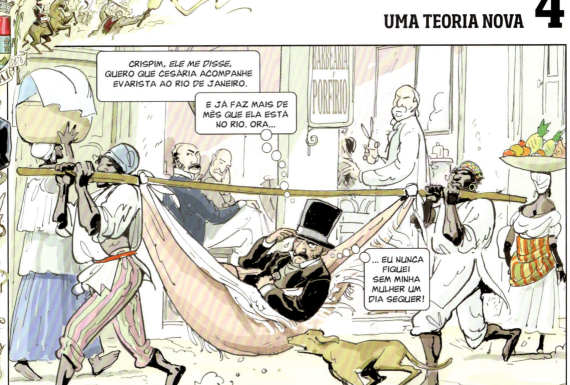

Capítulo **5**

O TERROR

QUATRO DIAS DEPOIS, JUNTO AO CHAFARIZ DA PRAÇA PRINCIPAL, A POPULAÇÃO DE ITAGUAÍ VÊ CONSTERNADA UM CERTO COSTA SER RECOLHIDO À CASA VERDE. COSTA ERA UM DOS CIDADÃOS MAIS ESTIMADOS DA VILA.

TEMPOS ATRÁS, HERDARA, EM BOA MOEDA DE EL-REI D. JOÃO V, DINHEIRO CUJA RENDA BASTAVA PARA VIVER ATÉ O FIM DO MUNDO...

MAL HERDOU, COMEÇOU A EMPRESTAR. E SEM JUROS NEM DOCUMENTOS. MUITOS NA CIDADE SE APROVEITARAM. COSTA NÃO COBRAVA NINGUÉM. E RAROS FORAM OS PAGANTES.

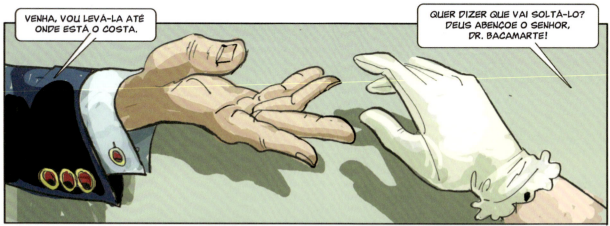

OS CANJICAS TOMAM ITAGUAÍ. A AÇÃO PODIA SER RESTRITA – VISTO QUE MUITA GENTE, OU POR MEDO, OU POR HÁBITOS DE EDUCAÇÃO, NÃO DESCIA ÀS RUAS –, MAS O SENTIMENTO ERA UNÂNIME, OU QUASE UNÂNIME, E OS TREZENTOS QUE CAMINHAVAM PARA A CASA VERDE – DADA A DIFERENÇA DE PARIS E ITAGUAÍ – PODIAM SER COMPARADOS AOS QUE TOMARAM A BASTILHA...

ENQUANTO ISSO, D. EVARISTA FAZ AJUSTES NOS MUITOS (E MUITOS) VESTIDOS QUE TROUXE DO RIO DE JANEIRO...

... E BACAMARTE ESTUDA AVERRÓIS E OUTROS ÁRABES...

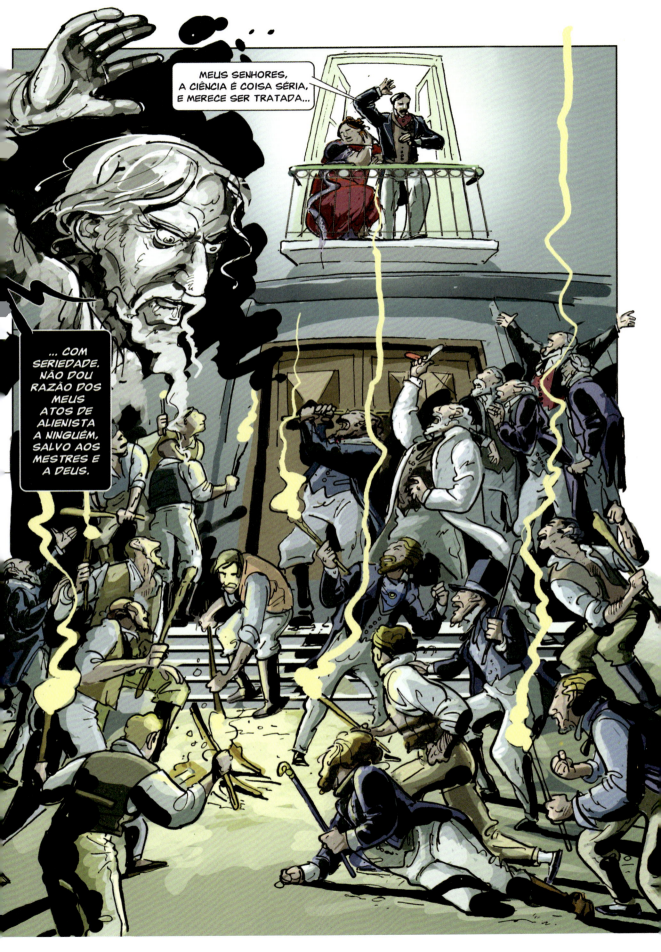

INSÂNIA...

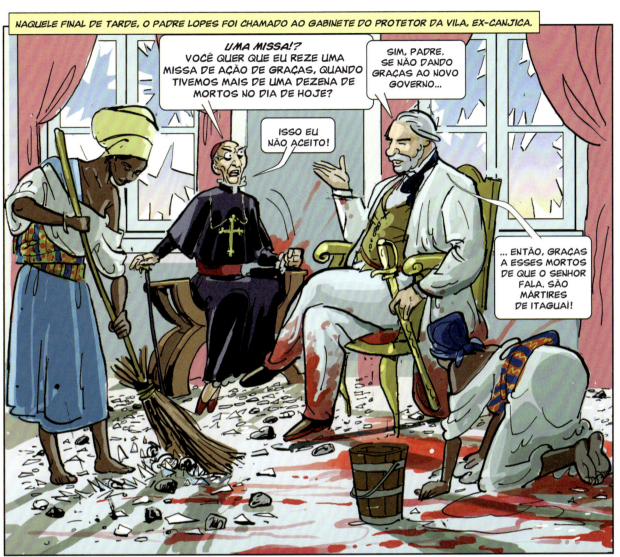

Capítulo 9
DOIS LINDOS CASOS

NÃO TENHO COMO LHE RESISTIR! SÓ LHE PEÇO QUE NÃO ME IMPONHA O CONSTRANGIMENTO DE ASSISTIR À DESTRUIÇÃO DA CASA VERDE!

MAS QUEM FALOU EM DEMOLIÇÃO? RÁ! RÁ! RÁ! ORA, DEMOLIÇÃO!

MAS, EU PENSEI...

ENGANA-SE, VOSSA SENHORIA! NOSSO GOVERNO NÃO É DE VÂNDALOS! COM RAZÃO OU SEM ELA, A OPINIÃO PÚBLICA CRÊ QUE A MAIOR PARTE DOS DOIDOS ALI METIDOS ESTÃO EM SEU PERFEITO JUÍZO. MAS O GOVERNO RECONHECE QUE A QUESTÃO É PURAMENTE CIENTÍFICA E NÃO COGITA EM RESOLVER COM POSTURAS AS QUESTÕES CIENTÍFICAS.

ALÉM DO MAIS, A CASA VERDE É UMA INSTITUIÇÃO PÚBLICA!

ORA, EU JURAVA QUE A DEMOLIÇÃO DA CASA VERDE SERIA IMEDIATA, E QUE EU SERIA PRESO, OU PELO MENOS EXPULSO DE ITAGUAÍ.

JAMAIS! ORA, DOUTOR, REVOLUÇÃO É REVOLUÇÃO E GOVERNO É GOVERNO.

O SEGUNDO NÃO PRECISA DE FATO CUMPRIR OS COMPROMISSOS DO OUTRO. NEM MESMO...

... QUANDO... DIGAMOS... UM E O OUTRO SÃO O MESMO. O SENHOR ME ENTENDE?

A RESTAURAÇÃO

Capítulo **10**

DENTRO DE CINCO DIAS, O ALIENISTA METEU NA CASA VERDE CERCA DE CINQUENTA ACLAMADORES DO NOVO GOVERNO.

O POVO INDIGNOU-SE. O GOVERNO, ATARANTADO, NÃO SABIA REAGIR.

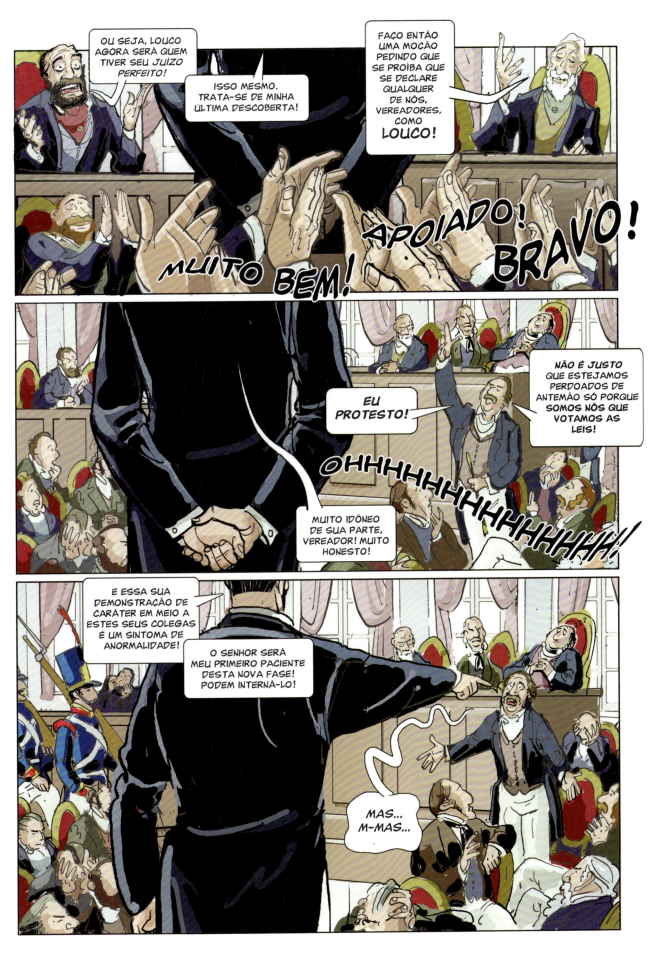

Capítulo
PLUS ULTRA! 13

E AQUI COMEÇA O REMATE DA NARRATIVA, UM DOS MAIS BELOS EXEMPLOS DE CONVICÇÃO CIENTÍFICA E ABNEGAÇÃO HUMANA. BACAMARTE JÁ OBTINHA MUITAS CURAS ESPANTOSAS, E A VIVA ADMIRAÇÃO DO POVO DE ITAGUAÍ. MAS ELE QUERIA O PLUS ULTRA, O AINDA MAIS!

— QUANDO SEU FILHO FOI SOLTO, COMADRE?

— ONTEM MESMO! COMO SABE, ELE ERA UM PRIMOR DE MODÉSTIA!

— BACAMARTE ARRANJOU PARA ELE UMA NOMEAÇÃO NA ACADEMIA DOS ENCOBERTOS DE ITAGUAÍ! LOGO ELE, QUE MAL SABIA LER.

— AGORA, ESTÁ TODO PROSA, FALA EM VERSOS E ANDA DE NARIZ EMPINADO... FOI UM SANTO REMÉDIO!

TAL ERA O SISTEMA. IMAGINA-SE O RESTO. CADA BELEZA MORAL OU MENTAL ERA ATACADA NO PONTO EM QUE A PERFEIÇÃO PARECIA MAIS SÓLIDA. NO FIM DE CINCO MESES E MEIO ESTAVA VAZIA A CASA VERDE; TODOS CURADOS!

— MAS SERÁ QUE EU OS CUREI MESMO OU... OU... OU...

CONHEÇA OS AUTORES

Dois trabalhos são essenciais na criação de uma narrativa em quadrinhos, seja ela uma história original ou uma adaptação: o roteiro e a arte. Nesta HQ, a obra clássica inspirou o roteirista, que organizou a história em quadros; estes foram transformados em ilustrações pelo desenhista. Descubra a seguir um pouco mais sobre a vida de cada autor de *O alienista*.

MACHADO DE ASSIS nasceu em 21 de junho de 1839, no Rio de Janeiro. Pobre, tímido, mulato, gago e epilético, não teve facilidades na vida. Quase nada se conhece de sua infância, a não ser que ficou órfão muito cedo. Não frequentou escola — pelo menos regularmente — e não se sabe direito como surge, já aos 17 anos, publicando poemas em jornais, hábil na gramática portuguesa e leitor perspicaz, com conhecimentos em francês e, mais tarde, em inglês. Provavelmente foi um autodidata, que estudou como pôde, e sozinho, pela vontade de vencer na vida. Foi um dos fundadores e primeiro presidente da Academia Brasileira de Letras. Faleceu em 29 de setembro de 1908, na sua cidade natal. Apelidado carinhosamente de O Bruxo da nossa literatura, hoje é reconhecido como um dos gênios da literatura mundial.

CESAR LOBO nasceu e mora no Rio de Janeiro. Faz ilustrações para revistas, livros, CDs, etc. Fez parceria com outros autores, como ilustrador, em vários livros, como é o caso de *Triste fim de Policarpo Quaresma*, também com roteiro de Luiz Antonio Aguiar para esta mesma série. Desenha e escreve histórias em quadrinhos e já publicou não só no Brasil, mas também na Europa e nos Estados Unidos. É um grande admirador das obras de Machado de Assis, particularmente de *O alienista*.

LUIZ ANTONIO AGUIAR trabalha com roteiros para quadrinhos desde 1977, tendo conquistado vários prêmios. Desde o Mestrado de Literatura Brasileira, em 1989, um de seus maiores interesses é Machado de Assis. Publicou vários outros livros que têm como proposta aproximar o jovem leitor da obra desse grande escritor. Como animador de oficinas de criação literária, nunca perde a oportunidade de introduzir os participantes à leitura da obra machadiana.

NO TEMPO DE
O ALIENISTA

O alienista se passa em Itaguaí, que fica a 73 km do Rio de Janeiro e foi fundada no século XVII. As referências de época são contraditórias, no texto. O Bruxo deve ter imaginado algo próximo da virada para o século XIX. É provável que Machado jamais tenha visitado a cidade. Nem precisava. Para ele, bastava usar sua imaginação para construir ali um palco para sua farsa mais genial. Lá nos idos do século XVIII, início do XIX, a vida e o mundo eram bem diferentes. Selecionamos aqui alguns aspectos e curiosidades dessa época e que aparecem nos quadrinhos de *O alienista*.

PEGAR NA PENA
Pegar na pena é sinônimo de *escrever*. É que, no tempo de *O alienista*, a caneta era, na verdade, uma pena de algum galináceo, embebida num tinteiro. Foi a ancestral da nossa esferográfica, que só apareceu por volta da metade da década de 1940. Antes, houve a caneta-tinteiro, que ainda é usada. O papel de celulose só surgiu na década de 1840. Até então, era feito de algodão, linho ou cânhamo.

À LUZ DE VELAS
Nas casas, a iluminação era com velas, ou com candeeiros a óleo (muitas vezes, de baleia). Nas ruas, idem: no alto dos postes brilhavam à noite chamas alimentadas por óleo.

SOMBRA E SUCO DE FRUTAS FRESCO
No nosso Brasil da época, pessoas de bem, livres e brancas, não pegavam no pesado. Os escravos faziam isso. Pessoas mais abastadas possuíam muitos cativos para os trabalhos de casa, incluindo os filhos dos escravos.

CASTIGO NO TRONCO

Os castigos reservados aos escravos eram cruéis — como o pelourinho, um tronco em que o escravo era amarrado e chicoteado. Em alguma praça central da cidade, sempre havia um tronco.
Nesta adaptação em HQ, é irônico o castigo dado aos oposicionistas da Revolta dos Canjicas: cidadãos livres e brancos sofrem as mesmas torturas aplicadas aos escravos.

MALANDRO QUE É MALANDRO

Outro ponto essencial das praças públicas era o chafariz, onde os escravos buscavam água para as casas e estabelecimentos — não havia canalização nas casas nem para água potável nem para despejo de dejetos (que também eram levados para fora por escravos, geralmente em grandes bacias de madeira). Um chafariz de Itaguaí teve participação no episódio do Grito do Ipiranga. Na viagem em que proclamaria a Independência do país, em 1822, D. Pedro I parou ali para que a comitiva e seus cavalos matassem a sede.

CARGA PESADA

Grande parte dos transportes era feito pelos escravos. Na página 14, D. Evarista embarca numa liteira, carregada nos ombros de dois serviçais. Outro meio de transporte, que aparece na página 15, era a rede — igual à que existe em algumas casas, para dormir ou para embalar pensamentos.

FALAR QUE NEM MATRACA!

Deixemos que o próprio Machado de Assis descreva esse interessante meio de comunicação da época:
"Naquele tempo, Itaguaí (...) não dispunha de imprensa, tinha dois modos de divulgar uma notícia; ou por meio de cartazes manuscritos e pregados na porta da Câmara e da matriz; ou por meio de matraca. (...) Contratava-se um homem, por um ou mais dias, para andar as ruas do povoado, com uma matraca na mão. De quando em quando tocava a matraca, reunia-se gente, e ele anunciava o que lhe incumbiam — um remédio para sezões, umas terras lavradias, um soneto, um donativo eclesiástico, a melhor tesoura da vila, o mais belo discurso do ano, etc. O sistema tinha inconvenientes para a paz pública; mas era conservado pela grande energia de divulgação que possuía."
(*O alienista*, capítulo IV)

SEGREDOS DA ADAPTAÇÃO

Na elaboração de histórias em quadrinhos, há um diálogo que tem de ser muito bem trabalhado entre roteiro e desenho. Numa adaptação como esta, há um terceiro elemento, importantíssimo: o texto original. Foi necessário contar com autores que tivessem uma leitura de qualidade e bastante sensível de *O alienista* e da obra de Machado como um todo.

Isso para ficarem à vontade o bastante para, em vez de reproduzir o texto e ilustrá-lo mecanicamente, recriarem-no na linguagem dos quadrinhos.

Veja um exemplo de como funcionou esse diálogo entre o original, o roteiro e o desenho. O texto de Machado foi contado em quadros pelo roteirista, e o roteiro virou imagem na mão do desenhista.

TEXTO ORIGINAL DE MACHADO DE ASSIS

"D. Evarista, se não resistia facilmente às comoções de prazer, sabia enfrentar os momentos de perigo. Não desmaiou; correu à sala interior onde o marido estudava. Quando ela ali entrou, precipitada, o ilustre médico escrutava um texto de Averróis, os olhos dele, empanados pela cogitação, subiam do livro ao teto e baixavam do teto ao livro, cegos para a realidade exterior, videntes para os profundos trabalhos mentais. D. Evarista chamou pelo marido duas vezes, sem que ele lhe desse atenção; à terceira, ouviu e perguntou-lhe o que tinha, se estava doente.
— Você não ouve esses gritos? perguntou a digna esposa em lágrimas.
O alienista atendeu então; os gritos aproximavam-se, terríveis, ameaçadores; ele compreendeu tudo. Levantou-se da cadeira de espaldar em que estava sentado, fechou o livro, e a passo firme e tranquilo, foi depositá-lo na estante. Como a introdução do volume desconcertasse um pouco a linha dos dois tomos contíguos, Simão Bacamarte cuidou de corrigir esse defeito mínimo, e, aliás, interessante." (*O alienista*, capítulo VI)

ROTEIRO DE LUIZ ANTONIO AGUIAR (PARA A PÁGINA 31)

```
Q1: D. Evarista entra no escritório de Bacamarte. Ele, numa
poltrona lendo, permanece impassível, como se não a ouvisse.
EVARISTA: Bacamarte! Pelo amor de Deus! Não está ouvindo esses
gritos lá de fora?

Q2: Quadro horizontal estreito, rostos em fúria da multidão
comprimidos, os berros soltos no quadro.
MORTE! MORTE! MORTE! MORTE! MORTE!

Q3: Bacamarte se levanta calmamente da poltrona.

Q4: Bacamarte recoloca o livro que lia na estante.

Q5: Bacamarte ajeita a lombada do livro, alinhando-a com
as demais.

LEGENDA (para os três quadros, Q3, Q4, Q5): O alienista
entendeu então... Levantou-se da cadeira de espaldar em
que estava sentado, fechou o livro e, a passo firme e
tranquilo, foi depositá-lo na estante. Como a introdução
do livro desconcertasse um pouco a linha dos dois tomos
contíguos, cuidou de corrigir esse defeito mínimo e,
aliás, interessante.
```

ESBOÇOS DE CESAR LOBO:

Em certos momentos, Aguiar preferiu recorrer a metáforas, instigando a imaginação de seu parceiro, querendo produzir nele uma sensação, que Lobo materializaria em imagens.

ROTEIRO: Crispim Soares é um homem meio rato. Asqueroso, bajulador, encolhido diante de Bacamarte, que o intimida. Tem algo de cruel e nojento em sua pequenez.

Para buscar a linguagem dos quadrinhos — ou seja, para fazer uma boa história em quadrinhos —, o texto tem de ficar mais curto e mais fácil. Afinal, a fala tem de caber no balão e ser bem entendida.

É comum ainda o texto do narrador no original virar fala de personagem. Veja como é o texto no original de Machado de Assis, proferido pelo narrador, e como ficou nesta HQ:

"Se além dessas prendas, únicas dignas da preocupação de um sábio, D. Evarista era mal composta de feições, longe de lastimá-lo, agradecia-o a Deus, porquanto não corria o risco de preterir os interesses da ciência na contemplação exclusiva, miúda e vulgar da consorte."
(O alienista, capítulo I)

E embora as adaptações geralmente sejam versões condensadas do texto original, um breve trecho do original pode resultar em vários quadros. A pequena passagem de Machado de Assis reproduzida abaixo, por exemplo, rendeu uma página inteira e mais o último quadro da página anterior:

"Bacamarte espetara na pobre senhora um par de olhos agudos como punhais. Quando ela acabou, estendeu-lhe a mão polidamente, como se o fizesse à própria esposa do vice-rei, e convidou-a a ir falar ao primo. A mísera acreditou; ele levou-a à Casa Verde e encerrou-a na galeria dos alucinados."
(O alienista, capítulo V)

Repare agora nesta figura que parece estranha à página, na parte inferior. No roteiro, ele ganhou um nome: era o Alienista-Alienado (ou AA). Foi uma criação dos autores para melhor interpretar o espírito que entendiam haver na história e no personagem Simão Bacamarte. Ele enfatiza algumas falas do médico e, às vezes, as completa. É um duplo de Simão Bacamarte, o Outro Oculto do alienista.

O AA acompanha Simão Bacamarte, comenta o que acontece em Itaguaí. É a presença da loucura desde o início, no médico e na cidade inteira.

Isso porque, num lugar onde predomina a insanidade, a razão e a lógica são pura insânia. Bacamarte, devotado à Ciência e à Razão, vai descobrir isso. Em Machado, o alienista se interna na Casa Verde. Nesta versão em quadrinhos, interpretando o espírito de Machado, a cena que Aguiar e Lobo criaram vira algo mais.

Aliás, essa última página é um exemplo das mudanças que esse diálogo entre roteiro e desenho pode provocar, até o resultado final. Veja o que Aguiar idealizou no roteiro para essa última página:

(Quadros vão diminuindo de tamanho, se estreitando, espremendo Bacamarte em seu confinamento.)

Q1: Bacamarte pelos próprios pés e sozinho atravessando o portão da Casa Verde.

Q2: Bacamarte vai fechando a porta atrás de si.

Q3: E é AA quem a fecha de vez. Estalido da porta em onomatopeia: CRANC!

Q4, Q5, Q6 e Q7: Nesta sequência horizontal comprimida, Bacamarte se despe, aparece nu de corpo inteiro de costas e depois começa a vestir o camisolão com que o veremos no final, aqui ainda limpo e sem rasgões.

Q8: AA vagando pelo corredor de celas da Casa Verde, camisolão encardido, magro e barbado, desgrenhado como o vimos no início.

Mas Lobo deu outra interpretação à interpretação de Aguiar:

Enfim, só para você saber, os autores, para fazerem um trabalho como esse, leem, releem, estudam, trocam dezenas de e-mails, conversam por telefone, discutem, argumentam, chegam a acordos... Mas também se divertem: